子ども　詩のポケット　25

おかあさん　なあに

田中ナナ

おかあさん　なあに

もくじ

I　童謡　おかあさん

Ⅱ　幼児のための詩《うた》　ふたりのつき

Ⅲ　子どものための詩《うた》　こんやねむるまえに　ママ

I

童謡

おかあさん

おかあさん

おかあさん
なあに
おかあさんて　いいにおい
せんたくしていた　においでしょ
しゃぼんのあわの　においでしょ

おかあさん
なあに
おかあさんて　いいにおい
おりょうりしていた　においでしょ
たまごやきの　においでしょ

ママがあかちゃん

ママがあかちゃん　だったって
ちいさなあかちゃん　だったって
ママ　ほんと　ママ
きょうは　ママの　たんじょうび

ママをだっこ　できたって
ぼくにもだっこ　できたって
ママ　ほんと　ママ
きょうは　ママの　たんじょうび

ママがおっぱい　のんだって
たくさんたくさん　のんだって
ママ　ほんと　ママ
きょうは　ママの　たんじょうび

きりん

きりーん
きりーん
ながーーーい　くび
ながいくびのばして
のぞいてるよ
あ、おべんと　なーにって

きりーん
きりーん
たかーーーーい　くび

たかいくびまわして
さがしているよ
あ、まいご　みーつけた

きりーん
きりーん
あおーーーい　そら
あおいそら　ぺろーり
なめているよ
うん、ほんと　おいしいよ

メロンの月

メロン
メロンの
月だから
スプーンですくって
たべてごらん
きっと　きっと
おいしいよ

メロン
メロンの
月だから
スプーンですくって
たべたらね
きっと　おなかが
ひかるだろ

おこりんぼ

わーい　わーい
おこりんぼ
おこりんぼ
おこりんぼは　おにのこ
まっかっかの　とんがらし
とんがりつのが　はえてくる
あら　あら　ゆうだち
なきだした

わーい　わーい
なきむし
なきむし
なきむしは　なめくじ

まっさおさおの　あおなっぱ
しおをかけられ　とけちゃった
あら　あら　かみなり
またおこる

ないて
おこって
またないて
あんまりないて　なきすぎて
なんでないたか　わーすれた
なんでないたか　わーすれた

シクン　シクン　ヒクッ　ヒクッ　ヒクッ
シクン　シクン　ヒクッ　ヒクッ　ヒクッ

おてんき

やぁ　しゃくとりむしくん

しゃっくり　ひゃっくり　しゃっくり
しゃっくり　ひゃっくり　しゃっくり　ほ

しゃくとりむしくん　なになにしてる
「はい　ちきゅうをはかっております」
いそがし　いそがし　しゃっくり　ほ
しゃっくり　しゃっくり　しゃっくり　ほ

しゃっくり　ひゃっくり　しゃっくり
しゃっくり　ひゃっくり　しゃっくり　ほ

しゃくとりむしくん　よくはたらくね
「はい　ごちゅうもんなら　つきもはかりにまいります」
いそがし　いそがし　しゃっくり　ほ
しゃっくり　しゃっくり　しゃっくり　ほ

しゃっくり　ひゃっくり　しゃっくり
しゃっくり　ひゃっくり　しゃっくり　ほ

しゃくとりむしくん　もうもうおひる
「いえ　まだおひるでございます」
いそがし　いそがし　しゃっくり　ほ

しゃっくり　しゃっくり　しゃっくり
しゃっくり　しゃっくり　しゃっくり

ピアノとラッパとけんかした

ピアノ　ピアノとラッパとけんかした
きみはラのおとまちがえた
ピアノはおこってぷんぽろぽん
ぷんぽろ　ぷんぽろ　ぷんぽろぽん

ラッパ　ピアノとラッパとけんかした
きみはファのおとまちがえた
ラッパもふくれてぷっぷくぴー
ぷっぷく　ぷっぷく　ぷっぷくぴー

ピアノ　ららら　ラのおときをつけろ
ぼくはひとりでぷんぽろぽん
ラッパ　ふぁふぁふぁ　ファのおときをつけろ
ぼくもひとりでぷっぷくぴー

ピアノ　だけどひとりじゃつまらない
ラッパ　やっぱりひとりじゃつまらない
ピアノ
ラッパ
　ピアノとラッパはなかなおり
　きみといっしょにうたおうよ
　ピアノとラッパはなかなおり
　ぷんぽろ　ぷーぷく　ぽんころろ
　ぷんぽろ　ぷーぷく　ぽんころろ

にちようびは　パマボ

パマボ　パマボ
にちようびはパマボで　うれしいな
パパはみどりのセーターで
ママはあかいセーターで
ぼくもぼうしをかぶってさ
みんなでいくんだゆうえんち

パマボ　パマボ
にちようびはパマボで　うれしいな
パパはいけでボートこぎ
ママはカメラをシャカシャカシャ
ぼくはあおぞらてをふって
まわるもくばものりたいな

パマボ　パマボ
にちようびはパマボで　うれしいな
パパはおっきいおにぎりで
ママもおにぎりほうばって
ぼくだっておかかのおにぎりさ
おいしかったよ　かんジュース

パマボ　パマボ
にちようびはパマボで　うれしいな
パパのせなかにおんぶして
ママのセーターふうわりと
ぼくはねむくてめをつぶる
みんなでおうちにかえるんだ

パマボ　パマボ
にちようびはパマボで　うれしいな
にちようびはパマボで　うれしいな

ふるさとのうた　37/200　　M. Ohba

王の館　105/150　　M. Ohba

若葉に

若葉の並木道
バギーおしていけば
木漏れ日は流れてくる　くる
さざなみのように
小さいあなたのほほに　私の肩に
チチラ　チラチラ
チラ　チラ　チラ　チラ
チラ　チラ　チラ　チラ
流れてくる　くる

まぶしいの？
え？
たのしいの？
手足ふって
小さな声あげて
ママもよ
この若葉の光の中で
あなたと二人
あなたはこの日をおぼえているかしら
今にあなたは
大きくなって　たっていく

けれど私バギーおしつづけるの
それは遠い日になっても

この日のバギーを
どこまでも　どこまでも

若葉の並木道を
バギーおしていけば
木漏れ日は流れてくる　くる
さざなみのように
小さいあなたのほほに　私の肩に
チチラ　チラチラ
チラ　チラ　チラ　チラ
チラ　チラ　チラ　チラ
流れてくる　くる　くる

おも　しろいお話

白い白いお家に　白いひげのおじいさん
白い白いいんこと　白い犬とすんでた

白い白い花がさき　白いテーブルにわにだし
白いひげのおじいさん　白い犬といんこと
白いミルクがゆたべてた

そこへ黒いねこ一ぴき
まっ黒いねこがあらわれ
うらやましそうにみあげて
「おいしそうね　わたしはだめなの？」
「いいよ　白も黒もなかよし」

白い白いお家で　白いひげのおじいさん
白い犬といんこと　黒いねことといっしょに
ミルクがゆたべたら
みんなみんなしあわせ
みんなみんなしあわせ
とっびあがるように　とっびあがるように
おいしかったって

かえるがピョン

かえるがピョン
あかちゃんかえるが　ピョン
にいちゃんかえるが　ピョン　ピョン　ピョン
がまがえるが　のーっそり
　わしゃ　リューマチじゃ

かえるがケロ
あかちゃんかえるが　ケロ
にいちゃんかえるが　ケロ　ケロ　ケロ
がまがえるが　むーつり
　わしゃ　かぜひいた

かえるがピョン
あかちゃんかえるが　ピョン
にいちゃんかえるが　ピョン　ピョン　ピョン
がまがえるが　びょーん
　わしゃ　まだ　げんきだよォー

しおまねき

潮ひけば
砂の中から湧いて出て
あまた　あまたの　しおまねき
砂をすくって　砂をはむ

はさみ　上げ
あまた　あまたの　しおまねき
沖にむかって　潮よべば
ひたひたひたと　よせてくる
ひたひたひたと　みちてくる

潮みちて
砂にもぐって　しおまねき
はさみ　ちぢめて　夢をみる

波はよせ　よせてはかえし　またよせて
潮はひき　ひいてはみちて　またひいて
砂から出ては　しおまねき
潮をまねいて　幾百年
幾千年
潮もまねかれ　幾百年
幾千年

あまた　あまたの　しおまねき
今夜も静かに潮みちて
浜はひろびろ空の下
海はひろびろ空の下
昔と同じ月が出る

作曲家リスト

おかあさん	中田喜直
ママがあかちゃん	林光
きりん	伊藤幹翁
メロンの月	上　明子
おこりんぼ	鈴木重夫
やぁ　しゃくとりむしくん	伊藤幹翁
ピアノとラッパとけんかした	三保敬太郎
にちようびは　パマボ	松井佳子
若葉に	小森昭宏
しおまねき	小森昭宏

銀のカニ　E.A.

ナイルの神 ép d'artiste M. Ohba

Ⅱ

幼児のための詩《うた》

ふたりのつき

はる

まぶしいね
あったかいね

ありがいっぴき
あなんなかから
ありみたいなかげつれてでてきたよ

ヒロヒロヒロ
チロチロチロ
ひげをふって
まわりみてるよ

たかゆきちゃん

たかゆきちゃんちに
ママとバレンタインのチョコレート
もっていった
たかちゃん　とんでできたのに
おかあさんのうしろに
かくれちゃったよ
でもよこから
そーっと　いっしょうけんめいに
みてたよ

てがみ

あっちゃん
およめにいってもいいですか
ママといってもいいですか

けいこ

けっこん

ぼく　ママと　けっこんしたいけど
パパがいるから
けいこちゃんにしようかな

あめんなかで

あめんなか
こうえんで
ふんすいが　ひとりぼっちで
ぬれるよう
つめたいよう
さびしいようって
あたまさげて　ないてた

かわいそう

かみさまのなみだ

かみさまはやさしいから
かなしいとき　いっぱい　あるでしょう

なみだ
ふいてあげるね

ふたりのつき

ママと
ぼくの　あの　つき
だあれにも
あげない

アイスクリーム

アイスクリームがね
ひるねして
とけちゃったの

ないしょばなし

おーい
きりーん
おーい
おはなし　したいよー
ないしょばなしが
そらまで　のぼっていっちゃうよー

いちょう

おおきな　いちょうのき
がありました
あきになって　はっぱがすっかりきんいろになりました

おおきな　いちょうのき

はっぱがみんなちったら
てっぺんに
ほしがひとつ
ひっかかっていました

かみさま

おはなは　だれが　つくったの
かみさま

かみさまは　だれが　つくったの
ひと

ひとは　だれがつくったの
かみさま

ほんと

「パパとね　ママとね
よく　けんかするんだ」
たっちゃん
そんなこといっちゃだめよ
「だって　ほんとだもん」

そらへ

からすのはねをひろったよ

カアー

ぼく　とべるよ

ほし

よっちゃんのうちをでるとき
ほしが　ひとつ　ひかってた
おかあさんのせなかじてんしゃ
ふゆのみち　かえった

うちについてそらをみた
あ　あのほし　ひかってる
ついてきたんだね

よるのそらで

ママ
ふうせん
とんでいっちゃったね
どこいったの

もう　まっくら
この
よるのそらで
ねむっているの

あさになったら
おきて
また　とんでいくの

ちがう

ちがう
ママ

ちがう

たっちゃんはね
いいこなんだよ
ほんとはよわむしなんだよ
すぐなくんだよ

だから
ばかやろう
このやろう　はなくそー
なんていうんだよ

おとな

―よぼうちゅうしゃ―

ママ　いった
ぜったいに　ちゅうしゃしないって
いった
おばあちゃんもいった
だから　おいしゃさんに
いったのに

やだ
やだ
ママうそついたよう
おとなみんな
やだあ

そらのにおい

ゆきがふってきた
そらに
おおきなくちあけて

うん
そらのあじ

かえるの　るすでん

もし　もし
はい　かえるのうちでございます
ただいま　とうみんちゅうですので
もうすこし　はるがちかくなってから
おかけなおしねがいます
　どうぞ　おなまえと
　おでんわばんごうを

ゆきのあさ

あさ
おきたら
おと　みんなきえちゃって
まっしろいゆきがつもってた

き　も
だんちも
みちも
ずーっと

みんな
ゆき　ふんじゃだめ
ぼく　きょう
ヘリコプターで
ほいくえん　いくんだ

家路　　ép d'artiste　　M. Ohba

海のうた　64/70　M. Ohba

Ⅲ

子どものための詩《うた》

こんやねむるまえに　ママ

うみ

おとうさん　おかあさん
どうして　そんなつらいかなしいかおしてるの

おとうさんも
おかあさんも
あたしも
みんな　くらげになっちゃって
あおいうみで
いつもたのしく
あそんでいられたらいいのに

そして　そのまま
みんないっしょに
いつまでも
いつまでも
いつまでも
うみみたいに
いきていられたらいいのに

ありのぎょうれつ

アアアアア
リリリリリ

ゾゾゾゾゾ
ロロロロロ
ゾロゾロ　ゾロゾロ

アリはいそがしい
むくげさいても
ひまわりさいても

ゾロゾロ　ゾロゾロ

あついなつのひ
ジジジジジジ

アリがゆっくりさんぽしているのを
みたことがありません

おっぱい

えらい

おっぱいいって
えらいなあ

くじらでしょう
ぞうでしょう

はつかねずみだって
モモンガーだって
あらいぐまだって

ゴリラだって
キリンだって

うん
それから　おむかいのあかちゃんだって
みんなおっぱいでおおきくなるんだ

だいすき

オランダチューリップ

とおいうみのむこうの
オランダからやってきた
チューリップは
パッとめをさまして
びっくりしました
ここはどこ
くろいめのこどもたちが
うたっているのです
　サイタ
　サイタ
チューリップのはなが

Goedemorgen

おはよう
にほんも
もうはるですよ

こんやねむるまえに　ママ

ママ
こんやから
ひとりでねれる
まだ　ここにいて
ママと手

ママの手
ママの手

ママ
ノコきょう　いじめっこされた
タッくんに

ほいくえんのうら
あかいはな　さいてたよ
とっても
まっかな　はな

カナリヤ　しんじゃったの
ママ
ノコよりさきに　しんじゃいや

ちょうちょも　しんだ

ママ
きょう
ジャングルジムのてっぺんに
のぼれたよ
ほんとだよ
そらばっかりで
すっごくたかいよ

ママ
あした　さくらんぼかって

きいろいビーだま
つめたいの　あまいの　すっぱいの
くちんなか　くるくる
いっしょにかいにこ
ね、ママ

ママの手
ママの手
ママの手
ママの手

ママ　やっぱり
ずっと　ここにいて

ママの手
ママの手

ママ　おやすみ　もう
ママ　もう

サロニコスの海　81/120　M. Ohba

古代の泉 '83 ép d'artiste

田中ナナの〈母〉の歌

上　笙一郎

田中ナナさん初めてのこの童謡集が『おかあさん　なあに』と題されたのは、彼女の児童歌曲としての代表作中の代表であるふたつの作品が、共に〈母〉をテーマにしているからだ――と誰もが思うにちがいない。そのふたつの作品とは、ひとつは「おかあさん」であり、いまひとつは「ママがあかちゃん」であり、そして幼児歌曲の諸条件をみごとに満たして美しい曲附けをした音楽家はというと、前者のそれは中田喜直、後のそれは林光なのである。

中田喜直も林光も、その得意としたジャンルの違いはあれ、二次大戦後の日本西洋音楽の創造にユニークにして且つ大きな貢献をした作曲家であった。そのような音楽家に曲を附けてもらった童謡が、すでに数十年ものあいだ日本の幼い子どもたちの口と耳と心を慰め、〈幼児童謡の古典〉と言っても良い位置に達しているとは！　沢山の童謡を作っていながら、子どもたちの口と耳と心に膾炙《かいしゃ》した〈決定的な一作〉を持てずに終わることの多い童謡詩人のなかにあって、これは、慶賀すべきこととしなくてはならないだろう。

しかしながら、この一冊を通読してみると、この童謡集が『おかあさん　なあに』の書名を与えられたのは、右の二作の故ばかりではないということが分かって来る。何故《なぜ》なら、収められている作品は三十八篇だが、そのうちの多くの主題が、眼の向け方や切り取り方の違いはあるにせよ、〈幼児＝子どもにとっての母〉だからである。

たとえば、「若葉に」、「たかゆきちゃん」、「てがみ」、「けっこん」、「ふたりのつき」、「よるのそらで」、「おとな」、「うみ」、「おっぱい」といった作品。そして最後に置かれた「こんやねむるまえに　ママ」はとなると、これを文学的に諒受し得る人は多くないだろうが、〈幼児〉の〈母親〉に対する〈親愛と信頼の極限的な心情〉をとらえた作品として、わたしなどは粛然《しゅくぜん》とせざるを得ないのだが。

このように見て来ると、田中ナナさんの童謡にあっては、〈母〉が主題というより基調低音である——と言ってもさしつかえないような気がする。そしてそうだとすれば、少しばかり彼女の生い立ちその他についても眼を向けてみなくてはならない。

田中ナナさんに関する文献は、二、三の児童文学関連の事典の記述を別とすれば、小著『文化学院児童文学史　稿』（二〇〇〇年、社会思想社）中の「三宅艶子と田中ナナ」がほとんど唯一のものだろう。これらを踏まえて略記するなら、ナナさんは一九二五（大正十四）年に大正天皇の侍医であった人の娘として生まれたが、幼時に父が病歿、やがて義父となった人が斎藤佳三《かぞう》だったのである。

斎藤佳三、著書を残さず実作に徹したため長いあいだ評価されずに来たが、大正・昭和期に、美術・音楽・建築・装飾など多面的な分野においてユニークな創造をしつづけた〈芸術家〉。親友中の親友が山田耕筰であり、もっとも世に知られている作品が三木露風の詩「ふるさとの」の作曲であると言ったら、ああ、「ふるさとの　小野の木立に　笛の音の　うるむ月夜や」のあの幽婉《ゆうえん》なメロディーの創り手なのか——と、諒解して下さる方が少くないのではあるまいか。

このような義父の愛情の手によって、ナナさんはその文学的な才能を引き出され、成城小学校を終える十歳のとき、『金の風車』（一九三二年・教育問題研究社発行・金の星社発売）という童謡・詩・作文・童話集を出版している。そしてこの本は、驚くべきことに、序文は北原白秋・田中末広・栗山松雄、装幀・挿絵は初山滋、彼女の童謡の作曲者として山田耕筰・小松耕輔・斎藤佳三・岡本敏明の名があり、その曲譜を載せているのである。

この『金の風車』は〈近代児童表現史〉におけるひとつの大きな稔りなのだが、自由主義教育の成城小学校を終えると、一層の自由主義教育で知られる文化学院へ進学、その女学部を終えるとさらに日本女子大学に学んだ。そしてその後は、当時の有数な児童演劇組織であったテアトル＝ピッコロを入口として児童演劇の道へ足を進め、太平洋戦争敗戦ののちは、ラジオ放送NHKの専属ライターとして、児童向け番組としての童謡・童話・童話劇・ルポルタージュなどの脚本を執筆しつづけたのだった。

放送番組のために書かれた作品は、普通一回限りの放送で消えてしまう宿命にあるが、童謡に限ってのみ繰返して放送された。そして聴き手受けが良かったため、長い歳月を生き抜いた童謡がふたつあって、それが「おかあさん」と「ママがあかちゃん」だったのである。

この二作のほかにもすぐれた童謡があったのだが、恬淡《てんたん》のナナさんは、それらを一冊にまとめようとはしなかった。ようやくその気持になられたのは老境に達してからで、二〇〇三年、少年少女詩を集めた『新緑』（株式会社いしずえ）を上梓、これが三越左千夫少年詩賞を受賞したのは喜ぶべきことだったとしなくてはならない。そしてその勢《いきお》いに立って童謡作品を束ねたものが、この『おかあさん　なあに』一冊だという次第であるのだが。

以上のような児童文化的プロセスを持つナナさんにとって、一体、何故、〈母〉が作品の主調低音であったのか。『新緑』の「あとがき」のなかで、ナナさんは、「老齢の母が病床についた時、私はすべての仕事を捨てて付添いました。思いがけなく十年という年月があっという間に経ち――」と書いておられる。「すべての仕事を捨てて……十年という年月」を母に捧げたということなのだが、なまなかな母子関係では考えられぬ経緯《ゆくたて》だ。しかしその人間的・心情的なモメントの具体的な把握・分析は、エッセイや随想類をほとんど書いておられないナナさんのことではあり、むずかしいと言わざるを得ないのが残念である。

なお、筆を収めるに当って、『金の風車』から「風鈴屋」という童謡をひとつ紹介して置こうか。〈母〉をモメントとした最初の作品――と言うべきもの。文末に「十歳」と記されているが、当時はいわゆる数え歳であり、今流では九歳、小学校四年生のときの創作である――

母《かあ》さん　母さん
ふうりんや
向《むか》ふの道から来ましたよ。

母さん　母さん
ふうりんや
車のお屋根でゆれてます。

母さん　ふうりん
あらあぶない
となりのよっちゃんつまづいた。

母さん　母さん
ふうりんや
ちりりんりんとなってます。

（児童文学研究家）

ナナさんとの出会い

小森　昭宏

田中ナナさんとは、昭和29、30年頃始まった、NHKの番組「ラジオ育児室」のライターとして知り合いました。まだテレビが普及する前の時代です。中田喜直先生と私が作曲担当で、中田先生作曲の「おかあさん」はこの番組から生まれました。私はまだ慶應義塾大学医学部の学生で、医者になろうか作曲家になろうか、迷っていた頃でしたが、中田先生と交代で曲を書かせていただくことが出来たこの番組からも強い影響を受けて、医者になってからでしたが、作曲家になることを決心いたしました。

昭和35年から私はNHKTVの「おかあさんといっしょ」の「ブーフーウー」の音楽を担当することになり、同じセクション制作の「みんなのうた」「歌のメリーゴーラウンド」などの編曲で、また各レコード会社の童謡の編曲で、たくさんの田中ナナさんの作品に接することが出来ました。

一九八〇年代の後半から、芥川也寸志さんと江間章子さんの提唱で始まった、世田谷区在住の詩人と作曲家が歌を作る「世田谷うたの広場」というコンサートがございます。始まって数年たった頃、芥川さんから、「小森さんも参加してよ」といわれて「渋谷区に住んでいてもいいのですか?」「いいからいいから」というので、参加するようになりました。芥川さんが亡くなり、林光さんが運営を担当するようになってから、田中ナナさんを誘いました。最初に出来たのが「若葉に」で次が「しおまねき」です。両方とも谷潤子さんに歌っていただき、好評でした。「若葉に」はあとで真理ヨシコさん、ポプラさんなどに歌っていただきました。
「しおまねき」は、田中ナナさんから「男の方のつもりだったんだけど…」とご指摘をうけて、谷篤さんに歌っていただく機会を作りました。いずれも反響があって、「楽譜をください」という方も多く、そのうちナナさんのご承諾を得て、出版しようかと思っております。

（作曲家）

なつかしい日々

小谷　節子

昭和三十年の前後に、ＮＨＫのテレビ・ラジオの番組制作を通じて、田中ナナさんと知り合いとなりました。子どもや教育関連の番組プロデューサーをしていた私は、台本ライターとしてのナナさんと長い間にわたって、お仕事をご一緒させて頂きました。

後年になりましてからは、私的な場でも田中ナナさんを含めて、旅行などご一緒したことなどが思い出されます。職場の仲間たちとのことが多かったでしょうか……。ある時には、ナナさんの妹さんの斎藤式子さんとも旅先で、たのしく過ごした日々など、なつかしく思い返しております。

数年前に発行されたナナさんの詩集『新緑』（いしずえ刊）は、たいへんみずみずしく、温かみのある詩集として読ませて頂きました。この詩集の後半に、とても味わいのある作品「とうもろこし」という一篇が収められております。今、ここに引き写しておきます。

とうもろこし

――もう秋の近い日　山の下のおばさんがやってきて――

うらの畑にとうもろこしまいて
大きくなって

あすはもごうとおもうてたらばよ
夜中に狸が出てきて
食べてしもうたんだわ

去年も食べられてしもうたんだわ

だから今年は狸の分もまいたに
狸出てこね
なしたんだろ
なしたんだろな

この詩篇にはなつかしい思い出があります。いつだったでしょうか、何かの折、館山にある私の別荘でたのしい時間をナナさんと過ごしたことがありました。その時に、この詩に描かれた狸の話を、近くのおばさんから聞いたことがありましたなつかしい思い出としてふりかえっております。

このたびナナさんの数々の童謡が、幼い子どもに向けた詩と共に、童謡集として一冊にまとめられるとのこと、たいへん意義深いことと存じます。田中ナナさんのやさしく温かみのある童謡「おかあさん」や「ママが赤ちゃん」などが、これからも末長く子どもたちに歌い継がれていくことを願っております。

（元ＮＨＫチーフ・プロデューサー）

ママが赤ちゃん

田中ナナ　作詞
林光　作曲

軽快に

mp
mf
1. ママ が
2. ママ を
3. ママ が
あかちゃん だったって ちいさな あかちゃん だったって
だっ(ﾂ)こ できたって ぼくにも だっ(ﾂ)こ できたって
おっぱい のんだって たくさん たくさん のんだって
p
※ ママ ほんと？ ほんと？
ママ
mf
きょうは ママの たんじょうび
p

㊸ おかあさん

田中ナナ　作詞
中田喜直　作曲

♩=92位
〔子〕
mp
1. おかあさん
2. おかあさん
p
〔母〕
なあに
なあに
〔子〕
おかあさん　ていいにおい
おかあさん　ていいにおい
〔母〕
せんたくしていた　においでしょ
おりょうりしていた　においでしょ
〔母と子〕ふたりでいっしょに
しゃぼんのあわの
たまごやきーの
においでしょ
においでしょ
1.
2.

しおまねき

作詞 田中ナナ
作曲 小森昭宏

Moderato ♩＝116
Piano
f
mf
しお ひけば すなの なかから わいて で

て
あまた あまたの しおまねき
すなをすくって すなをはむ
はさみあーげ
あまた あまたの しおまねき あまた あまたの

26
mf
しおまねき ——— — おき にむ
29
3
かって しお よべーば
32
mp
ひたひた ひたと よせてく
35
る ひたひた ひたと

38
みちてくる
rit.
♩= 90
41
mp
しおみちーて
すなにも
44
ぐって
しおまねき
47
はさみちぢめて
ゆめーをみ
Ped

♩= 84
rit.
espressiv
rubato
Ped
る
なみはよせ
よせてはーかえ
し
またひいて
しおはひき
ひいてはーみち

62
て
ま た ひ い て
rubato
Ped
65
ま た み ち て
rit.
mf
68
♩=116
す な か ら
71
で て は
し お ー ま ね き

しおーをまねいて　いくひやく
ねーーんいくせんねーーん
しおもまねかれ　いくーひやく
ねーーんいくーせんねーーん

86
mf
あまたあまたのしおまねき
mf
dim
89
mp
♩=84
こんやも
黒鍵
Glissando
Ped
Ped
simile
92
しずかにしおみちて
95
はまはひろびろ
そらのし

た
うみはひろびろ
rubato
そらのしたむかしと
p
rubato
おなじつきがでる
つきがでる
rit.
Ped

あとがき

長い間にわたって、私は放送の仕事にシナリオ・ライターとして携わってきました。その仕事のなかで、子どものための歌をいくつか作り、いろいろな方に作曲して頂く機会に恵まれました。思い掛けず、いくつかの作品が保育園や幼稚園、小学校などで今も歌われていると耳にし、嬉しく思っております。六〇年代初めの作品も、また近年の作品もありますが、ここに童謡集のかたちで一冊にまとめられるのを喜びにしたく思います。一つ一つの作品にまつわるいろいろな思い出に、遠い日々をなつかしんでおります。

このたび童謡集を編むのに際しまして、上笙一郎、小森昭宏、小谷節子、伊藤幹翁、菊永謙の各氏に思いの外のお言葉を頂き深く感謝申し上げたく思います。また、たいへん色彩あざやかなさし絵にて、私の童謡集を飾って頂いた大場正男画伯にもすっかりお世話になりました。

長い間にわたってご交友いただいた多くの方々に感謝申し上げて、ささやかな童謡集刊行のあとがきに代えさせて頂きます。

平成十九年八月

田中　ナナ

田中ナナ（たなか　なな）
東京に生まれる。
成城学園小学部卒業。その卒業記念として創作集『金の風車』（金の星社）を出版。文化学院を経て、日本女子大学国文学科卒。日本放送協会の専属ライターとして、放送台本執筆にたずさわる。雑誌、レコード、ＣＤほかに詩・童謡を発表。詩集『新緑』（2003年　いしずえ）にて三越左千夫少年詩賞・特別賞受賞。日本児童文学者協会・日本童謡協会・詩と音楽の会に所属。
〒156-0057　東京都世田谷区上北沢3-33-2

大場正男（おおば　まさお）

1928年生まれ。

1956年、孔版画を始める。同時に銅版画、リトグラフ、木版画、金工、陶芸等の技法を学ぶ。

1978年、日本美術協会賞受賞。

1983年、スウエーデン国'83年度アカデミー文化賞受賞。

1992年、日中国交正常化20周年記念個展並びに制作実演（中国北京市）。

2002年、第19回国際Modern Exlibris 展に出品・受賞（ポーランド）。

子ども　詩のポケット　25
おかあさん　なあに　田中ナナ童謡集

発行日　二〇〇七年十月二十日　初版第一刷発行
著　者　田中ナナ
装挿画　大場正男
発行者　佐相美佐枝
発行所　株式会社てらいんく
〒二一五-〇〇〇七　川崎市麻生区向原三-一四-七
ＴＥＬ　〇四四-九五三-一八二八
ＦＡＸ　〇四四-九五九-一八〇三
振替　〇〇二五〇-〇-八五四七二
印刷所　厚徳社
2007 Printed in Japan
 ISBN978-4-86261-012-6 C8392